Leggende di Fernando de Noronha e altre storie

Leggende di Fernando de Noronha e altre storie

ALDIVAN TORRES

aldivan teixeira torres

CONTENTS

1 Leggende Di Fernando De Noronha E Altre Storie   1

1

Leggende di Fernando de Noronha e altre storie

Leggende di Fernando de Noronha e altre storie
Aldivan Torres

Autore: Aldivan Torres
©2020 - Aldivan Torres
Tutti i diritti riservati.

_____ Questo libro, incluse tutte le parti di esso, è protetto da copyright e non può essere riprodotto senza il permesso dell'autore, rivenduto o trasferito.

Aldivan Torres, un naturale brasiliano, è uno scrittore consolidato in vari generi. Finora ha titoli pubblicati in dozzine di lingue. Fin dai primi anni, è sempre stato un amante dell'arte della scrittura consolidato una carriera professionale dal secondo semestre del 2013. Aspetti con i tuoi scritti per contribuire alla cultura brasiliana, risvegliando il piacere di leggere in chi non ha ancora abitudine. La tua missione è conquistare il cuore di ciascuno dei tuoi lettori. Oltre alla letteratura, i suoi gusti principali sono la musica, i viaggi, gli amici, la famiglia e il piacere di vivere. Per letteratura, uguaglianza, fraternità, giustizia, dignità e onore dell'essere umano sempre» è il suo motto.

Dedizione e grazie

Dedico questo lavoro a Dio, alla mia famiglia, ai miei compagni di viaggio e ai miei lettori. Non sarei niente senza di te. Ogni riga scritta ha un po' di questo incentivo e l'artiglio brasiliano. Siamo una battaglia piena di sogni che devono ancora rendere questo paese il migliore al mondo.

Apprezzo il mio dono, i bei momenti che ho vissuto, i brutti tempi che mi hanno fatto crescere, i libri leggono, i commenti buoni, i critici che indicano difetti, finalmente ringrazio ogni persona che fa parte della mia vita. Sono un incontro di pensieri e incertezza che vengono condotti al destino. Questo destino è la casa di ognuno dei miei seguaci. Che bello essere parte della tua vita.

Tutte le storie meritano di essere raccontate se sono importanti o meno. Questi sono i ricordi che rimangono per sempre ed eternano l'uomo. Quindi non cercare merci materiali. Cercate prima il regno di Dio e tutte le altre cose vi saranno date con i guadagni.

Leggende di Fernando de Noronha e altre storie
Dedizione e grazie

La leggenda di Alamoa
Lo zingaro
Uomo del tetto
Prigione federale
Urla uno dei regali in un ultimo atto di addio.
I giganti di Fernando de Noronha
La donna della Pentola d'oro
Gigante di mezzanotte
Il tesoro perduto
Il ragazzo storpio e senza denti
Il mostro del mare
La donna pesante
Il mostro della foresta
L'isola perduta in Polinesia
Un paradiso in mezzo al mare
Sull'isola dell'Ascensione

La leggenda di Alamoa

Un gruppo di pirati naviga per diversi giorni nell'oceano con i frutti delle loro ultime opere. È un gruppo piuttosto stretto, divertente e decisivo. Sono stati insieme per anni in molte avventure che potrebbero mostrare la loro unione e la loro cooperazione reciproca. Erano pirati veri nella loro essenza intrinseca.

Quando si avvicina all'arcipelago di Fernando de Noronha, iniziano a parlare tra di loro.

"La notte sta arrivando e il corpo non si rilasserà. Cosa dovremmo fare ora, cari marinai? Ha interrogato il capitano, alto, barbuto, rughe di rughe dovute all'età.

"Penso che possiamo attraccare ora. Così potremo passare la notte più tranquilla, suggerire Pietro, un marrone forte e snello, uno dei marinai.

"Buona idea. Ma a che punto? Qualcuno ha pensato a qualcosa? È stato incartato il capitano.

"L'isola di Fernando di Noronha è qui vicino. È l'unico posto dove possiamo attraccare. Ma è anche un posto molto pericoloso, pieno di creature soprannaturali. Che ne pensi? Ha suggerito Herbert, una bionda con la coda di cavallo, uno dei più esperti.

"Penso che sia una sciocchezza. Siamo pirati o no? Questo non mi spaventa, affermare una delle donne.

"Queste donne mi rendono orgoglioso. Volevo essere come loro. Temo che queste leggende parlino il cuoco di gruppo.

"Questo è previsto. Quello che ti manca di coraggio, lascia in cucina le abilita'. Ecco perché fai parte della nostra squadra, hai affermato il capitano.

"Grazie per i suoi complimenti, capitano. Prometto di migliorare sempre più e sempre più il cuoco è tornato.

"Andremo a Fernando de Noronha per fare la storia. Sono sicuro che andrà bene, il capitano.

"Così sia, hanno voluto gli altri membri.

La nave è stata diretta verso l'isola. In ognuno di loro, c'era un sentimento di avventura, paura e aspettative. Cosa succederebbe? Erano vere storie? L'unica certezza che avevano era che avrebbero affrontato ogni ostacolo. Erano orgogliosi di se stessi per essere cosi' coraggiosi. Quindi stavano facendo la fama dei pirati più temuti nell'oceano.

"Riesco a vedere l'isola. Arriviamo, signori! Ne ho annunciato uno.

C'e' un rumore sulla nave e tutti collaborano per un arrivo migliore. Tra pochi minuti, afferrano la nave vicino al mare e tutti scendono. L'isola era tranquilla e fredda come al solito. Un programma di bellezza per tutti quelli che erano li'. Il capitano riprende il dialogo:

"Ora siamo sulla terra asciutta. Uomini, andate verso il bosco. Vai a prendere del cibo e della legna per accendere un incendio. Dobbiamo costruire anche una baita. Sara' al riparo per tutti noi perché ci sono un sacco di animali feroci qui. Donne, fate largo mentre aspettiamo l'arrivo dei nostri cari marinai.

" Realizzeremo l'ordine, signore.

"Che squadra dedicata! A volte mi sento un grande orgoglio.

I gruppi si sono separati per seguire gli ordini del capo. L'isola di Fernando de Noronha respirava aria di tranquillità, mare e mistero. Ali, potrebbe succedere di tutto. Poco dopo, i gruppi ritornano con i compiti compiuti.

"Infine, il fuoco e le tende sono pronte. Ora, dobbiamo preparare il cibo suggerito al capitano.

"Lo farò immediatamente, promesso al cuoco.

"È cosi' che si faceva. Il cuoco ha iniziato a cucinare del cibo delizioso. Noi altri stavamo riposando sul pavimento di un viaggio estenuante.

"Che profumo adorabile! Questi pesci sembrano molto saporiti.

"Grazie, capo! Sto cercando di fornirti un buon pasto, hai reclamato il cuoco.

"Lo so. Oltre alle creature soprannaturali, le isole portano via, dicono che ha sete per tesori incalcolabili, ha informato Herbert.

"Questo è molto buono. Sei disposto ad aiutarmi a prendere questo tesoro, marinaio? Ha chiesto al capitano.

"Cosa non faccio per il mio caro capo? Sì, sono in grado di rischiare la mia vita.

"Sono contento che tu abbia deciso. Devi solo rispettare il giuramento del pirata, l'azione di un pirata protegge gli altri. (Capitano)

"Prometto che il mio lavoro sarà fatto in questo modo. (Herbert)

"Il cibo è pronto! Venite a mangiare, branco! (cuoco)

Tutti riuniti intorno al fuoco. In lontananza, si sentiva lupi terrificanti ululano. La notte stava andando avanti.

"Come sempre, il cibo è delizioso. Dove hai preso il tuo talento, caro servo? (Capitano)

"Credo di aver imparato da mia madre. Che riposi in pace in un buon posto. Dall'infanzia, mi ha insegnato molte ricette. Con questo, mi piace cucinare.

"Salute tua madre. Ci hai lasciato una persona meravigliosa, competente e delicata. (Rainy, una delle donne)

"Grazie, amico. Cercherò di servirli al meglio che posso. Sono felice di essere piacevole.

"Tutto quello che vi serve è avere un po' di coraggio. (Bella, un'altra donna)

"Hai ragione. Ma c'e' qualcuno perfetto in questo mondo? (cuoco)

"Nessuno. Stavo scherzando. Non devi cercare di cambiare. Ci sei abbastanza utile. (Bella)

"Grazie! (cuoco)

La conversazione continuava su diverse questioni e con quel tempo passava. Poi il capitano ha annunciato:

"È ora di andare a letto. Puoi prenderti cura di noi, Pietro?

"Sì. Assolutamente. Puoi andare a dormire tranquillamente. Niente gli farà del male.

L'intera squadra è andata a dormire mentre la guardia si è presa cura di tutti. Nel frattempo, la notte si stava allontanando. A mezzanotte, si avvicinava una strana figura.

"Buonanotte, buon signore. Puoi aiutarmi?

"Cosa vuole, cara signora? Che ci fai da sola in questa fredda notte?

"Sono un residente dell'isola e ho sentito la tua conversazione. Cerchi il tesoro?

"Sì. Come puoi aiutarmi?

"So esattamente dove sono i soldi. Non riesco a capirlo perché ho paura.

"Interessante. Qual è la tua proposta?

«Riuniamo il tesoro. Appena lo avremo, divideremo il premio.

"Sembra una buona idea. Ma come faccio a lasciare la mia squadra senza una guardia?

"Non succederà niente a loro. Questa è una zona molto tranquilla. Il fuoco spaventerà gli animali pericolosi. Inoltre, il più grande desiderio del tuo capitano è il tesoro. Hai pensato alla sua gioia quando scopre che ce l'hai? Ti stanno decisamente promosso.

"Sarà una grande sorpresa. Cosa stiamo aspettando? Portaci sul luogo del tesoro.

"Va bene! Ce ne andiamo subito!

Il duo dinamico ha iniziato a camminare e ha attraversato l'isola. Fanno una fermata strategica a picco di Alamoa.

"Dicono che il picco di Alamoa è troppo pericoloso. Continuiamo? (Pietro)

"Credi ancora in queste convinzioni? Dimentica la superstizione e continueremo a camminare. Il tesoro ci aspetta. (Signora)

"Vivi qui da molto?

"Sono un talento naturale. Questo posto è benedetto da Dio. È un peccato che molte persone caccino i turisti con false voci.

«Che significa tutto questo?

« Concorrenti. Questo è il paradiso. Le persone sono egoiste e centralizzate.

"E tu, non è vero?

"Stiamo parlando di affari. Vuoi il tesoro?

"Certo che lo so.

"Va bene.

La passeggiata continua per un po'. Arrivando in cima, la strana figura è diventata una miscela di demone e donna bionda.

"Siamo qui! Dov'è il tesoro? (Pietro)

"Nella tua stupida mente.

«Chi sei?

"Sono Alamoa, la dea dell'isola. Hai invaso il mio spazio. Ora, pagherete con la vostra vita per la pace dei vostri colleghi.

Il diavolo ha attaccato l'uomo e lo ha divorato. Un'altra vittima di questa leggendaria figura. Il detto dice: "Nel mondo c'è tutto e non dobbiamo dubitarne."

Lo zingaro

Un gruppo di zingari è atterrato sull'isola di Noronha di Fernando dopo essere stati cacciati dalla terraferma.

"Siamo qui. Questa è la nostra terra. Siamo stati cacciati dalla terraferma in nome della pulizia razziale. Tuttavia, siamo molto di più di quanto pensa l'uomo bianco. Siamo messaggeri di Bel, l'Onnipotente Dio.

"Esatto, sorella. Non ci serve l'uomo bianco. Abbiamo la forza dello spirito che conduce i nostri sogni. Non siamo migliori o peggiori di chiunque altro. Consideriamo questo esilio un apprendimento. Dimentichiamo i dolori, il dolore e i disgusti passati.

"Considereremo questo esilio come un apprendimento. Dimentichiamo i dolori, il dolore e il disgusto del passato.

"Dobbiamo, perché, evolvere nella nostra ricerca di Allah. Lascia che ci aiuti.

"Lascia che sia fatto.

Parlavamo sulla spiaggia dell'isola al tramonto.

"Che isola meravigliosa. Essere stati cacciati dalla terraferma non sembra essere stata una cattiva idea. Sento la mia forza pulsare e ringiovanire. Mi sento quindi completa.

"Anch'io, sorella. Dobbiamo essere pronti a ricevere visite di notte.

"C'è qualcun altro qui su quest'isola perduta?

«Sì, un pirata olandese e un prete.

"Niente donne? Sono al sicuro qui?

« Sì, lo sei. Che c'e' di male? So che puoi difenderti.

"È vero. Sono un maestro della seduzione e del controllo

spirituale. Non c'è nessun uomo che non soccombe al mio fascino. Sono pronto per qualsiasi cosa vada e venga!

"Questo è il modo di parlare, sorella. Torno tra un po'. Devo prendere del legno e del cibo.

"Nel frattempo, mediterò un po'.

Lo zingaro entra in uno stato di meditazione. Una calma leggera riempie l'ambiente nel tuono e nel fulmine.

"Miei potenti dei, entità che soffiano da lì a qui, vi chiedo ispirazione e protezione nei giorni. Sii amico dei miei amici e nemici dei miei nemici. Comunque, il destino prevale nella mia vita.

Il fratello dello zingaro è venuto a costruire la baita.

"La cabina è pronta!

"Grande! Bel lavoro, fratello.

Poi un prete e un pirata sono venuti a farti compagnia e parlare un po'.

"Siamo venuti per salutare i nostri nuovi vicini. Che la pace di Cristo sia con voi! (Padre)

«Apprezzo, padre. Ti auguro lo stesso. (Zingaro)

"Possano i buoni spiriti proteggervi.

«Grazie, amico. Questo è il capitano Willy, un amico pirata che mi tiene compagnia da molti anni.

"Benvenuto, Willy! (Zingaro)

"Fai pure, amico! (Fratello)

"Apprezzo la vostra ospitalità. Adoro questo posto, ma mi sento estremamente sola. (Willy)

"Ma non hai il prete? (Fratello)

"Non voglio ignorare il mio collega, non è la stessa cosa. Stare con una donna sembra cambiarmi completamente. (Willy)

"Capisco. Ma manteniamo le distanze. Il rispetto è il primo. (Zingaro)

"Certo, signorina. In nessun momento ti ho mancato di rispetto, anche se hai cosi' tanti attributi. (Willy)

«Grazie al cielo.

"Inoltre, sono qui per difenderti. (Fratello)

"Grazie per il sostegno, fratello. (Zingaro)

"Stai calmo. Siamo venuti in nome della pace. (Padre)

"Mangiamo dunque? Devono essere affamati.

"Hai fatto il culo, cara. (Willy)

Il quartetto è entrato nella cabina. La cena è stata servita e poi ripresa la conversazione.

"Da quanto tempo siete sull'isola? (Fratello)

"Tre anni fa. Siamo i guardiani di questo posto nel nome del governo. Sai, non siamo compatti con la decisione dei nostri superiori. Per noi gli zingari sono esseri molto gentili e intelligenti. Siamo fratelli in Cristo.

"La vostra specie, padre. Per gli altri, siamo feccia. Siamo una cosa marcia che può essere buttata via. È doloroso che l'esclusione perché ferisce l'anima. Siamo anche figli dello stesso Dio.

"Vogliono che moriamo qui. Puoi anche averlo, ma i responsabili non la faranno franca. (Fratello)

"Calmati, ragazzo. Pensa al lato positivo. Puoi goderti questo santuario con noi. Non ti serve altro. (Willy)

"Hai ragione. Ora siamo finalmente liberi.

"Beviamo e mangiamo in onore di questa bellissima giornata. Il giorno in cui i nostri amati amici sono arrivati qui.

"Sì, è un ottimo motivo per festeggiare. (Willy)

È stata una lunga notte annacquata da cibo e bevande forti.

Il piccolo zingaro si è addormentato profondamente nella baita. Con questo, gli estranei si sono approfittati di lei e l'hanno stuprata.

"Come? Che c'è? Cos'e' successo? (Zingaro)

"Non lo so, sorella. Tutto quello che so è che quei bastardi sono scappati. Vuoi che me la vendichi? (Fratello)

"No. Lo farò da solo. Non mi va di vivere dopo quello che mi hanno fatto. Oggi consegno per l'altro mondo. Ma la mia maledizione è per ogni uomo che si avvicina a questo posto. In questo modo, mi rispetteranno. Non sono uno zingaro per caso.

Gli uomini che hanno abusato della ragazza sono morti in incidenti misteriosi. Da oggi in poi, lo zingaro divenne una leggenda di Fernando de Noronha.

Uomo del tetto

A casa del generale

In una delle poche residenze di Fernando de Noronha, sono state trovate il generale Felipe Moreira, sua figlia Luiza e sua moglie Albertina.

Luiza

Papa', sembri stanco. Cos'e' successo?

Felipe Moreira

Sono preoccupato. Ho appena avuto dei cattivi pericolosi in prigione. Sono stati deportati dalla terraferma e non sembrano affatto amichevoli.

Albertina

Che c'è, amico? Hai paura? Sei tu il generale qui. Fidati di te stesso.

Felipe Moreira
Non è cosi', donna. La mia posizione non è così comoda. Affrontare questo problema ci vuole molto.
Albertina
Capisco. Pregherò che vada tutto bene.
Luiza
Lo faro' anch'io, mamma.
Felipe Moreira
Lascio a te quel compito. Non sono uno che crede in queste cose. Sono più legato alla scienza e alla politica.
Luiza
Lo sappiamo, papa'. Non preoccuparti. Puoi andare al lavoro. Tutto andrà bene.
Felipe Moreira
Arrivo subito, figlia. Siate in pace.

Prigione federale

Il generale entra in prigione, ma sente qualcosa di strano. Da dietro tre uomini lo arrestano e non reagisce agli schizzi.
Felipe Moreira
Che stai facendo? Cosa succederà?
Ezekies
Siamo la resistenza, vecchio! Siamo felici di questa opportunità di reazione. Non accettiamo le tue regole! Vogliamo essere liberi e legittimamente liberi. Ma non ci accetterai! Ci arrestate perche' abbiamo infranto la legge, ma vogliamo solo un po' di pace! Non hai il diritto di decidere le nostre vite!
Rogery
Lei rappresenta l'oppressione e la discriminazione. Sei il

nostro avversario. Non avremo pietà di voi o del governo perché non hanno alcuna considerazione per noi. Questo è il nostro momento di vendetta!

Andrade

Sapevi che morirai? Pagherai per il tuo errore. Non siamo noi a pagare. Un giorno è la caccia e un altro giorno è quella del cacciatore.

Felipe Moreira

Sono solo un semplice impiegato. Sono un uomo di legge e obblighi. Potrai anche uccidermi, ma questo non cancellerà quello che hai fatto. Non ti lascerò da sola in nessun momento nelle vostre vite. Ti cambierai!

Ezekies

Sei un'idiota!

I tre uomini hanno agito e strangolato il generale. Le sue urla si riecheggiano finché non muore. Il dolore rimane sull'isola.

Seppellito

La famiglia si è riunita in lutto per la morte del generale. Sono venuti praticamente tutti parenti per salutare questo importante leader governativo. Hanno passato tutto il giorno a guardare il corpo nel bel mezzo della preghiera per la loro anima. Comunque, tutti volevano vendicarsi.

La marcia funebre si è trasferita al cimitero. È giunto il momento della testimonianza della famiglia:

Luiza

Era un padre modello. Ha fatto tutti i suoi obblighi. Non mi sono mai perso niente. Avevo cibo, tempo libero, vestiti, scarpe e conversazioni carine. Era un padre straordinario. Era gentile, gentile e gentile. Erano anni di buone emozioni dalla tua parte. Allora, papa', vai in pace. Con te saranno le mie preghiere e le mie preghiere. Non dimenticherò mai il buon padre che eri. Ti sarò sempre grato per tutto quello che hai fatto per la nostra famiglia.

Zia Bernice

Era un uomo molto sociale. Un esempio di professionista per tutti coloro che lo ammiravano. Era molto responsabile per la sua famiglia. Veniva sempre a trovarci e ci sosteneva. Si merita il miglior merito all'ora della morte.

Albertina

Era l'amore della mia vita. Ci siamo conosciuti al college a Recife. Era amore a prima vista. Da allora, non ci siamo mai separati. Abbiamo costruito una famiglia insieme e un nome di rispetto. Devo solo ringraziarti per 30 anni di matrimonio.

Un applauso per il generale!

Urla uno dei regali in un ultimo atto di addio.

La notte della vendetta

È arrivata la notte della luna piena. Sette giorni dopo la morte del generale, la sua anima si svegliò con sete di vendetta. Dopo aver montato i tetti, ha raggiunto la stanza del nemico. Con il suo potere spirituale, ha dato fuoco all'intero ambiente mentre i nemici dormivano.

Si sono svegliati mentre mangiavano dalle fiamme. Prima della sofferenza dei rivali, i lupi ridevano. Il diavolo arriva e porta tutte le anime degli inquilini. Progettata e riuscita vendetta. Una miscela di pace riempie la famiglia del generale. La sua morte era stata vendicata. Chi fa male a ferro, con lui si farà male.

Da oggi in poi, la leggenda fu creata e terrorizzata gli abitanti dell'isola.

I giganti di Fernando de Noronha

Nei tempi remoti, c'era un ricco e prezioso regno sull'isola che dominava l'intera regione del Sud America. Riguarda i giganti di Fernando de Noronha. Era una società formata da uomini e donne giganti, collegata al misticismo della natura e della religione. C'erano chiare regole di stretta comunione con il creatore e l'obbedienza ai superiori.

Ma era una società senza amore o senza forti rapporti sociali. È durato per secoli finché non è successo qualcosa d'inaspettato tra due giganti.

Rodney

Non so come ci si sente, Grace. Ma sento qualcosa di strano. È una scivolata di emozioni che domina tutto il mio corpo. Sento il cuore che batte, le gambe tremano e non vedo l'ora di vederti. Durante il giorno, i miei pensieri si concentrano sul sapere come sei. E di notte, immagino le situazioni con te. È quasi una dipendenza chimica. Ho bisogno di stare sempre con te. Devo partecipare alla tua vita in qualche modo. Sono un peccatore? Non capisco queste leggi che seguiamo. Sono leggi cosi' dure e insignificanti. Perché amare qualcuno lontano e disprezzare chi è vicino? Sento di aver bisogno di un calore umano. Perche' non sento desideri o come qualcuno? Perché questa fissazione per dominare il mondo? Dopo che ti ho conosciuto, niente di tutto questo ha senso per me. Preferisco sentire esattamente quello che ho descritto. Che ne pensi, mia cara?

Grace

Mi suona familiare. Sento che qualcosa del genere accada nella mia vita. Sento il bisogno di essere carina, camminare, stare con te ogni momento. Mi sento dipendente dalla tua compagnia e dalla tua protezione. La tua presenza mi porta una sicurezza che non ho mai provato con nessuno. Conosco la nostra legge. Ma non ho paura degli altri. Penso che ne valga la pena. Questa scoperta mi porta pace e mi fa soffrire allo stesso tempo. Perché non possiamo vivere questo amore? Penso che siamo liberi. Dobbiamo cercare di trovare questo punto di esplosione che meritiamo. Dobbiamo piangere la nostra libertà una volta per tutte.

Rodney

Sono d'accordo con te. Quindi lasciamo che questa sensazione ci guidi completamente.

Gli amanti si sono dati la passione e hanno scoperto i piaceri carnali. Quando gli altri scoprono la trasgressione della legge, furono sacrificati. Il seno della donna è stato strappato e oggi è diventato la morte di entrambi i fratelli. L'organo genitale dell'uomo ha anche tagliato la creazione di Pico Muore.

La donna della Pentola d'oro

L'isola di Fernando de Noronha riceveva sempre numerose visite da pirati da tutti i luoghi del mondo. Dicono che il posto sia pieno di tesori sepolti e pieno di creature soprannaturali. Di solito sono le anime dei pirati che sono morti per proteggere l'oro.

L'isola è un posto turistico meraviglioso per via delle sue bellezze naturali. È considerato uno dei posti più belli del mondo. Cercando per un resto della sua vita assegnato, l'uomo d'affari Andrew e sua moglie Meggy sono atterrati sull'isola.

La coppia oltre ad amare viaggiare, sono una coppia di cacciatori di tesori. Dopo essersi divertiti tutto il giorno, sono andati a camminare nel bel mezzo della notte con solo la luna e la torcia a pila.

Andrew

Che posto fantastico! Mi piace questo viaggio, amore mio. Ma, in effetti, dovremmo essere professionali. Voglio diventare ricco con i tesori dell'isola. Voglio poter avere la vita che ho sempre sognato. Ce lo meritiamo. Abbiamo sempre combattuto per tutta la vita.

Meggy

Sono d'accordo, tesoro. Ma stiamo attenti. I proprietari del tesoro potrebbero essere preoccupati. Dobbiamo elaborare una strategia perfetta. Credo che siamo sulla strada giusta.

Andrew

Certo che lo siamo. Ho pensato a tutto. Non ci può succedere niente di male.

In questo, appariva nel loro campo di vista una vecchia donna orribile che si presentò:

Vecchio

Ho fame, signori. Potresti condividere con me il pane che hai nella borsa?

Meggy

Certo che lo so, signora. Prendi questi due panini. Questo ti alleggerirà la fame.

Vecchio

Sono molto grato per la sua beneficenza. Come punizione, ti darò il mio barattolo. Ho trovato questa erba sepolta in uno dei posti dell'isola. Aspettavo che la persona giusta la desse. Ci vediamo dopo. Sii con Dio.

La coppia ha preso l'erba. Quando l'hanno aperta, hanno trovato diverse monete d'oro che rappresentavano una piccola fortuna. È come se il detto dicesse: "L'universo ripaga esattamente quello che gli offriamo".

Gigante di mezzanotte

Nelle lune luminose, di solito appare a Fernando de Noronha un uomo di grande statura. Graffiata e indossando un cappello caduto, il gigante si avvicinò alla spiaggia e cominciò a pescare. Dal suo aspetto, nessuno poteva più pescare. Con opera di magia, tutti i pesci sono stati attirati dalla nave di queste cifre illustri.

Se qualcuno cercasse di seguirlo o prenderlo, seguirebbe la sua passeggiata e scomparirebbe nel bel mezzo del bosco. Poi riapparve in un altro punto sull'isola che era più tranquillo. Il gigante dominava semplicemente la pesca sull'isola e faceva paura a tutti.

Finito la pesca, il gigante si unirono a fantasmi, elfo e fate per organizzare una festa agitata. Con un sacco di balli, musica, sesso e droghe si chiamavano "Gruppo Libertinismo". Alcuni residenti dell'isola erano lieti di questa cultura e hanno partecipato al racket.

Le feste duravano settimane o mesi. Poi semplicemente il gigante è stato via per un po'. Era il suo periodo d'ibernazione nel mondo astrale. Poiché era un posto magico, l'isola copriva diverse dimensioni spirituali. I loro amici tornavano al lavoro e aspettavano con ansia per un nuovo incontro che aveva promesso più emozioni dell'ultima volta. È come dire che la vita è fatta di momenti e divertimento.

Il tesoro perduto

Circa il XVI secolo, atterrò sull'isola uno dei pirati più temuti del tempo. Francis Drake era un grande pirata, stupratore di ricchezza, stupratore di donne, assassino di bambini tra altre cose terribili. Di recente aveva rubato una nave e veniva inseguito.

Astuto, cerca un posto sicuro per seppellire il suo tesoro. Era una ricchezza incalcolabile di monete, gioielli preziosi, barrette d'oro ed effetti personali. Teneva questo tesoro in una delle grotte più inaccessibili sull'isola sulla costa dell'isola.

Prima di lasciare il posto, ha lanciato un incantesimo nella grotta. Quindi il tesoro era sorvegliato da tre creature soprannaturali, una creatura mezzo grammo e mezzo serpente, una creatura mezzo coccodrillo e mezzo drago, una creatura mezzo uomo e mezzo aquila. Tutti quelli che hanno cercato di salvare il tesoro sono stati semplicemente distrutti.

Il ragazzo storpio e senza denti

La leggenda ci dice che John era un ragazzo molto cattivo per i suoi genitori. Tutti i consigli che ha ricevuto, ha disdegnato e continuato il suo male. La situazione stava peggiorando che ha raggiunto un punto insostenibile. Quindi il tuo patrigno ha reagito e gli ha dato un bel colpo che si è rotto tutti i denti e una gamba. Ci vediamo

Dopo quel giorno, il ragazzo si ammalò e fu triste. Ha passato tre mesi tra vita e morte finché non è morto finalmente in decadenza delle complicazioni della ferita. Come punizione per essere stato un ragazzaccio, divenne un'isola distrutta dall'anima. Ogni bambino che disobbedisce ai suoi genitori e se ne va nel bel mezzo della notte, insegue e spaventa.

Il mostro del mare

La baia sudest era un posto magico. Nel cuore della notte, c'erano rumori e gemiti assordanti. Erano terribili mostri marini che circondavano l'isola. Erano creature della città antica di Atlantide che sembravano misteriosamente. Erano specie di squali, balene assassine, serpenti, coccodrilli giganti, tra gli altri.

La leggenda ci dice che Atlantico e Fernando de Noronha facevano parte dello stesso governo astrale. Fu il governo del principe Tefeth che ordinò a nessuno sconosciuto di avvicinarsi al suo dominio. Queste creature magiche furono incantate dal loro incantesimo e servivano del loro dominio e del loro potere.

Chiunque si avvicinò e cercò di pescare sulla costa in quel momento fu stregato e portò una fine terribile. Le sirene hanno risucchiato il sangue della vittima e condiviso con i pesci, i resti della carne. Quindi ognuno di voi rispetta i suoi limiti e non tentate di affrontare i domini del principe Tefeth.

La donna pesante

foresta
Cavolo

Ho camminato per giorni senza riposo. Non ce la faccio più. Dovrò passare la notte qui nel bel mezzo di questi boschi.

Pesce volante

Mentre cade la notte, preparo la cena. Il pesce sarà delizioso. È cibo molto sano.

Meditazione

È terribile restare qui, ma non ho scelta. Dovrò superare la mia paura perche' sono in un posto pieno di leggende e fantasie.

Mangiare

Il cibo sembra davvero delizioso. Sono contento di aver imparato a cucinare da giovane.

Uccidi

Ho già mangiato! Sono piuttosto stanca. Ora cercherò di dormire

Donna pesante

Ti strozzo! Non sopravviverai!

Cavolo

Sei tu lo sciocco! Il tuo cappello è mio!

Donna pesante

Per favore, ridami il cappello.

Cavolo

Certo che te lo restituirò. Ma devi soddisfare il mio desiderio.

Donna pesante

Cosa vuoi?

Cavolo

Sono molto povero. Voglio diventare ricco.

Donna pesante

Molto bene. Concordo il tuo desiderio. Sarai l'uomo più ricco della regione.

Cavolo

Grazie. Mi goderò la vita con un sacco di soldi. È tutto quello che ho sempre voluto. È stato un piacere fare affari con te, Donna Pesante.

La casa stregata

Figliolo

Mamma, questa casa è cosi' strana. Vedo rumore di rompere i piatti, le porte che vengono graffiate, i graffi, le torce fulminanti che volano e i fantasmi. Ho tanta paura!

Mamma

Calmati, figliolo, devi essere uno spirito sofferente. Gli ex residenti di questa casa erano streghe. Un lavoro spirituale che hanno intrappolato questo povero spirito.

Figliolo

Come posso aiutarla?

Mamma

La prossima volta che arriva lo spirito, parlaci tu. Abbiate coraggio e aiutate questa povera creatura.

Figliolo

Prometto che proverò a farlo.

Mamma

Sei un bravo ragazzo. È l'orgoglio di mamma.

Figliolo

Anche tu sei il mio orgoglio. Grazie per la guida.

Stanza

giovane

Sei venuta. Come posso aiutarla?

Fantasma

Grazie per l'interesse, ragazzo. Ma non voglio il tuo aiuto.

Questa è casa mia e voglio che te ne vada. Prometto che non ti faro' del male se mi obbedirai.

Giovane

Ma perché ci preoccupiamo?

Fantasma

Non devo spiegare. Voglio solo che te ne vada.

Giovane

Ok. Pregherò per te.

Fantasma

Non farlo. Sono un angelo caduto. Non la voglio, e non voglio la luce. Lasciami in pace.

Giovane

Sia fatta la tua volontà!

Il Lupo

stanza

Mamma

Figliolo, vai a fare shopping al supermercato perche' la dispensa è vuota.

Figliolo

Non lo faro', mamma. Sono occupato. Se vuoi, vai a prendertela da solo.

Mamma

Che ingrato! Non ricordi tutto quello che faccio per te?

Figliolo

Lo fai perche' vuoi. Ognuno che si prende cura delle proprie responsabilità.

In cucina

Mamma

Figliolo, mi hanno detto di te. È vero che stai chiedendo di elemosina per strada?

Figliolo
Sì, è vero. Lo farò' perche' non mi dai soldi.
Mamma
Non sono obbligato a darti dei soldi. Sei già un ragazzo. Se vuoi soldi, vai al lavoro!
Figliolo
Perché non ti piaccio? Sono il tuo unico figlio e non mi tieni conto.
Mamma
Ti amo. Ma mi metti sempre in imbarazzo. Non approvo i tuoi atteggiamenti.
Figliolo
Ordinario! Ti darò una lezione!
Il figlio picchia sua madre
Mamma
Maledetto! Perché mi hai colpito, ti nascondo! D'ora in poi, starai steso sull'erba come un animale. Sarai un lupo!
Mamma
Ora, sei una lezione per tutti i bambini ribelli. Il rispetto per i genitori è la legge di Dio. Non sarai mai più un uomo perche' hai battuto tua madre.

Il mostro della foresta

Mamma
Tesoro, non c'e' legna. Puoi prendermela?
Moglie
Donna, è notte. Perche' non l'hai chiesto prima?
Mamma

Non ho nemmeno notato la mancanza di legno. Non dirmi che hai paura. Un uomo così grande! Vergognati!

Moglie

Non è paura! È solo una precauzione. Ma se è urgente, correrò il rischio!

Mamma

Ecco perché ti amo, tesoro.

Cavolo

Essere in natura è qualcosa di davvero incredibile e pericoloso. La notte cade e fa sembrare la foresta ancora più misteriosa. Che bello essere parte di tutto questo! Il proprietario di tutto questo è Dio. Alcuni sono persone sono orgogliose, ma non possiedono niente. Siamo solo polvere e polvere torneremo. Quindi lo adoro intensamente.

Ho una moglie bellissima. Era la donna che i miei sogni potevano conquistare. Faccio anche cose pazzesche per lei. Un esempio è essere qui nel bosco che corre pericoli. Spero di uscirne vivo!

Cavolo

Ho trovato la legna. Ora vado a casa!

Un mostro! Oh, mio Dio!

A casa

Donna

Come va, amico? Perché sei disperato?

Cavolo

Ho visto un mostro! Non avrei dovuto ascoltarti! Sono quasi stato fregato.

Donna

Oh, mio Dio! Che orrore! Come potrei indovinare, amore

mio? Volevo solo la legna. Grazie per averci provato! Ti perdono per questo!

Cavolo

Mi perdoni ancora? Che sarcastica! Ma va bene. Per quanto ti amo, non andrò mai più nel bosco di notte. Non me lo stai chiedendo nemmeno.

Donna

Nessun problema! La cosa importante è che il nostro amore resti. Sei il mio oro, amore mio.

Cavolo

Anche tu sei importante per me. Ti perdono!

L'isola perduta in Polinesia

Dopo ore di attraversamento del mare rivoltante, la squadra seriale si avvicina a un'isola. Era buio ed erano sfocati e affaticati. La sistemano e poi la attraccano sull'isola.

Divino

Finalmente siamo arrivati! Ero stanco del grande attraversamento in mare. Con questo, nuove speranze aumentano. Sono molto emozionata per questo nuovo stadio di apprendimento.

Renato

Anch'io, cara amica avventura. L'ansia mi definisce completamente. L'attraversamento del mare era interessante e rinvigorente. Ma voglio più emozioni e avventure.

Guardiano

Avremo di sicuro più imparare. A me sembra un'isola carina. Un posto dove riposare e riflettere. Speriamo di trovare un segno di vita.

Alexis

L'hanno appena trovata. Sono un direttore dell'isola. Mi chiamo Alexis. Chi sei?

Divino

Sono il figlio di Dio. Ma mi conoscono anche come sensitiva o Divina. Siamo in vacanza. Il destino ci ha portati qui.

Renato

Mi chiamo Renato. Sono un'integrante della squadra dei sensitivi. Adoro le avventure fantastiche.

Guardiano

Sono lo spirito della montagna. Sono il consulente di squadra. È un onore essere qui. Siamo stanchi. Potrebbe aiutarci?

Alexis

Puoi contare sul mio aiuto. Vieni con me. La mia casa è qui vicino.

Il quartetto inizia a camminare sulla spiaggia dell'isola. E poi, sono nel bosco chiuso. Tra pochi minuti, tra pochi minuti, possono raggiungere una cabina semplice e rustica con vista del mare. Era tutto quello che gli serviva in quel momento. Entrano nell'interno della casa e si sistemano nella stanza.

Divino

Può dirci dove siamo esattamente?

Alexis

Sei sull'isola di Pitcairn in Polinesia.

Renato

È meraviglioso. Potresti raccontare il tuo racconto?

Alexis

Gli umani sono su quest'isola da oltre un millennio. Usavano quest'isola e l'isola vicina conosciuta come Henderson. Dall'inizio, gli abitanti delle due isole hanno collaborato tra loro creando un commercio solido. Tuttavia, nel XVI secolo, c'è stato un disastro ambientale che impossibilmente comunicazione tra le isole. Circa cent'anni dopo, le isole furono riscoperte dagli inglesi. Siamo diventati colonia britannica nel 1838. In realtà, ci vivono poche persone.

Guardiano

Vivere su un'isola deve essere molto impegnativo. Con cosa c'è la tua economia?

Alexis

Abbiamo un terreno molto fertile. Abbiamo piantato un sacco di frutta, verdura e grano. Pesca e facciamo anche artigiani. Siamo anche un paese di ricchezze minerali. Abbiamo prodotto molti metalli preziosi.

Divino

Come funziona la comunicazione con il mondo?

Alexis

Abbiamo accesso alla televisione, alla radio e a Internet. Sicuramente il mondo moderno è arrivato sulla nostra isola.

Renato

Come va il tuo modo di vivere? A cosa credi?

Alexis

In tempi antichi, seguimmo regole molto rigorose. Ma con la globalizzazione, siamo completamente liberali. Crediamo in Dio.

Guardiano

Ci sono fantasmi qui intorno?

Alexis

Molti fantasmi. Le case più antiche sono perseguitate da molte di loro. Abbiamo evitato di uscire di notte per paura del lupo mannaro o della scimmia gigante.

Renato

Oh, mio Dio! Ho tanta paura! Dove siamo andati?

Divino

Molto calmo a quel tempo, Renato. È solo una notte che saremo qui. Non succederà niente di male.

Alexis

Non hai niente di cui preoccuparti. Questi mostri appaiono solo sulla luna piena. Sei al sicuro.

Guardiano

Bene. Siamo più calmi. Sara' un ottimo soggiorno.

Alexis

Ora tocca a me chiedere. Come sei arrivato qui? Chi sei veramente?

Divino

Sono un sensitivo. Veniamo dal Brasile. Siamo i personaggi principali della serie, il sensitivo. Col tempo, faremo avventure più difficili. Questa è la parte delle avventure del mondo. Abbiamo abbandonato tutti i nostri impegni per poter soddisfare nuove culture, luoghi e credenze. È molto istigante viaggiare, sentire, imparare e aiutare le persone. Credo che ogni essere umano abbia la sua missione. Ognuno può svolgere un buon ruolo contribuendo a un mondo migliore. Se potessi darti qualche consiglio, direi: "Ama di più, viva di più, perdona di più". Ma anche stare lontano dalle cattive influenze. Il lupo non può vivere con le pecore. Quindi metti insieme le cose. Essere felici è una questione di scelta. Non sarai un socio che ti farà avere una possibilità. Sii felice per te stesso. Cresci e vinci. Sii il protagonista della tua vita.

Alexis

Ben fatto, tesoro. Sono sempre stato guidato da un buon

comportamento. Impariamo dai nostri genitori i valori buoni. Sai, stare lontano dalla violenza urbana è un grosso premio. È come se fossimo in paradiso promessi da Cristo. Attraverso le nostre comunicazioni, ci rendiamo conto che il mondo non sta andando bene. La gente dimentica Dio e vive nel materialismo. Il male è grande e spaventoso. Dobbiamo respirare, ripensare i valori ed evolvere. Niente è per caso. Dobbiamo fare la differenza.

Guardiano
Sia la differenza nella vita delle persone. È per questo che siamo qui. Festeggiare la vita.

Renato
Sempre il cambiamento. Non essere felice di essere una persona comune. Usa le tue opere buone e aiuta il mondo.

Alexis
Lo faro'. Grazie a tutti.

Un paradiso in mezzo al mare

La compagnia del sensitivo salpa in mare. Un vento seguito da una brezza sottile colpisce la nave. È il momento di concentrarsi su una squadra.

Divino
La notte sta cadendo. Siamo in viaggio per ore, ma nessun segno di vita. Sto perdendo la speranza. Cosa ci aspetta?

Guardiano
Piano, sognatore. Ci vuole pazienza e speranza. Tra qualche minuto ci avvicineremo a un'isola. Sento che tutto andrà meglio. Credici.

Renato

Sei tu che ci hai insegnato a prendere precauzione e fede. Non deludermi, caro amico. Continuiamo a provare.

Divino

Ok. Mi avete convinto. Andiamo avanti.

Due ore dopo, finalmente arrivano all'Arcipelago di Cocco. Un paesaggio lussuoso si mostra nei tuoi occhi. Le isole sono coperte da una foresta pluviale. Molti animali, ricchi vegetazione e specie marine. Le montagne, le grandi quantità di noci di cocco caratterizzano la rilevanza.

Guardiano

Siamo venuti a riposare. Mi sembra un posto molto mistico. Sento forti vibrazioni positive. Che ne pensi, figlio di Dio?

Divino

È un posto delizioso. Mi sento bene qui. E tu, Renato?

Renato

È come un posto dei miei sogni. Natura ricca, buon tempo e mistero. È tutto quello che volevo.

Jasmine

Buonanotte a tutti. Da dove vieni e cosa vuoi?

Divino

Sono io la sensitiva. Siamo una squadra di avventurieri e stiamo cercando un'avventura. E tu?

Jasmine

Sono l'amministratore dell'isola. Vedo che sei stanco per il viaggio. Ti offro cibo e riposo.

Guardiano

Grazie mille! Cosi' potremo conoscerci meglio.

Loro quattro si sono trasferiti ai metri in una casa rustica. Una residenza piccola ma comoda. Sono entrati nel posto che si trovano sul divano in salotto.

Divino

Grazie mille per essere rimasto. Potrebbe raccontarci qualcosa sulla storia di questo posto?

Jasmine

Sarà un onore. L'isola fu scoperta all'inizio del XVI secolo da un capitano britannico appartenente alla società indiana. Ma presto se ne andò e l'isola rimase disabitata. Due secoli dopo, un marinaio scozzese arrivò qui che ha sistemato la residenza. Dopo aver avuto successo i cambiamenti di comando, il territorio appartiene attualmente all'Australia.

Renato

Come va l'economia di questo posto?

Jasmine

Produciamo noce di cocco e copra e importiamo il resto dei prodotti.

Guardiano

Com'e' il tempo qui?

Jasmine

Il clima è buono, pioggia e sole adatto. Nei primi mesi dell'anno, siamo stati in azione cicloni. Ma in generale, è davvero bello vivere qui.

Divino

Abbiamo delle leggende qui?

Jasmine

Diversi. Ci sono segnalazioni di persone che hanno visto fantasmi. Molti marinai sono morti qui in periodi remoti. Ma sinceramente non ci credo. Non ho mai visto niente d'insolito.

Guardiano

Vero o no, è un posto molto interessante. Siamo in un viaggio senza precedenti. Dobbiamo sapere che il mondo deve capire noi stessi. Vogliamo sapere il nostro posto nel mondo. In ogni posto in cui siamo atterrati, nuove emozioni. Per questo è cosi' importante per voi.

Jasmine

Sono contento di contribuire. Hai già lasciato il segno. Sei gentile, intelligente e spirituale. È un piacere averti qui.

Renato

Vi ringrazio a nome di tutti. Sta diventando piuttosto interessante. Questo contribuisce alla nostra conoscenza. Non dimentichiamo mai questi momenti.

Jasmine

Mettetevi comodi. Ora, fai parte della storia dell'isola. Mi mancherai quando te ne andrai.

Divino

È inevitabile. Siamo cittadini del mondo. Portiamo esperienze positive e dimentichiamo le cattive esperienze. È un processo evolutivo dell'anima. Il tuo aiuto è molto buono. Riposiamoci. La prossima avventura promette.

Sull'isola dell'Ascensione

La compagnia del navigatore portoghese John di Nova. Sono stati momenti di grande angoscia ed eccitazione a causa delle svolte del viaggio.

John di Nova

Ci stiamo avvicinando all'Isola Ascensione. Dobbiamo fermarci per rifornire. Dobbiamo trovare cibo, carburante e riposare gli strumenti della nave. C'e' un abito naturale di tutti i componenti della nave. Come vi sentite, giovani sognatori?

Divino

Stiamo andando alla grande. Sono contento che tu abbia avuto una pausa. Siamo così annoiati di questo viaggio. Dobbiamo anche rifornire la nostra energia spirituale, equilibrare le forze opposte, controllare i chakra, implodere l'aura interna e dare il nostro grido di libertà. Che ne pensi, padrone?

Spirito della montagna

È un punto d'incontro dei nostri obiettivi. Il destino ci chiama per riflettere, ci interrogano su tutto quello che abbiamo passato, e sperimentano nuove situazioni. In breve, le avventure ci chiamano per agire. Sento vibrazioni positive da parte di chiunque ci accompagni. Come ti senti, Renato?

Renato

Sono felice di sapere della terra. Sono un essere terreno per natura.

John di Nova

Molto bene. Sono felice per tutti noi. Andiamo avanti.

L'arrivo sull'isola

I marinai stanno atterrando. Il sole è forte e i venti formano una brezza sottile nella direzione sudest dell'isola. Dato che il tempo era buono, iniziano a costruire una semplice baita. Subito dopo, il rifugio è pronto.

Renato

Sto seriamente pensando di camminare sull'isola. Sembra un bel posto.

Divino

Lo sento anch'io. Non vado a fare una passeggiata da giorni. L'ambiente della nave non è adatto agli esercizi fisici. Sappiamo quanto sia importante per il corpo.

Spirito della montagna

Allora propongo una passeggiata per la conferenza stampa.

Anche se è un buon rivenditore, non sappiamo quali segreti nascono l'isola. La precauzione deve essere il punto principale da osservare a questo punto.

John di Nova

Ti accompagno fuori. Non preoccuparti. Sono un uomo molto esperto.

Hanno fatto come avevano deciso. Hanno iniziato una passeggiata congiunta lungo le strade dell'isola. Il posto era caratterizzato da una vegetazione inquietante, secca e sterile. Nella loro compagnia, capre, mucche e cavalli che si sono sfiorati. Sulla costa c'erano uccelli marini e tartarughe.

La passeggiata inizia a rallentare i passi. Il sole era cauto a causare sudore ed esaurimento.

John di Nova

Ho fatto un punto di starvi dietro per sicurezza. Non sappiamo se possiamo trovarlo qui.

Spirito della montagna

Qualunque cosa accada, siamo pronti, signore. Siamo una squadra competente nelle avventure. Sembra che il pericolo sia sempre a nostra disposizione. Nei miei millenni di esperienza, ho imparato ad affrontare le situazioni molto leggere.

Renato

La mia madre adottiva è geniale. Ho imparato cose importanti da te, mamma. Sono una persona più sicura di te intorno a te.

Spirito della montagna

Sono contento, figliolo. Adoro questa missione di essere la tua falsa madre.

Divino

Ammiro il tuo sindacato. Sono più esperto e completo

perche' vivo con entrambi. È estremamente importante per la mia carriera letteraria.

John di Nova

Oh, cavolo! Sono sopraffatta dalla tua abilita'. Siamo nel posto giusto e al momento giusto. Siamo venuti a brillare!

Attraversano molte isole. Vicino a un abisso, si fermano un po' per osservare il paesaggio caratteristico del posto. In questo momento, un vecchio alto, forte e scuro si presenta.

Protettore d'isola

Sono il protettore dell'isola. Può spiegarmi perché è venuto a trovarmi?

John di Nova

Siamo venuti in missione di pace. Stiamo riposando un lungo viaggio.

Protettore d'isola

Va bene! Ma ti sto chiedendo di andartene il prima possibile. Questo posto è il mio territorio. Non mi piace essere disturbato da nessuno.

Spirito della montagna

Capiamo perfettamente. Non preoccuparti. Partiremo domani.

Divino

Siamo brave persone. Non ti faremo del male. Puoi dirmi perche' tutta questa paura?

Protettore d'isola

Non è niente contro di te. Ma ero un feroce stregone. Se qualcuno resta sull'isola per più di sette giorni, sparisco. Quindi chiedo la collaborazione di tutti.

Renato

Nessun problema, amico. Non ti intralceremo.

Come promesso il padrone, si ritirarono dall'isola e ritornarono sulla nave. C'erano ancora molte cose da sperimentare nelle loro passeggiate in tutto il mondo.

Fine

www.ingramcontent.com/pod-product-compliance
Lightning Source LLC
LaVergne TN
LVHW020445080526
838202LV00055B/5350